서랍 속에 갇힌 시절

反詩시인선 015

서랍 속에 갇힌 시절

백지은 시집

 시와반시

| 차 례 |

| 제1부 |

라훌라

빨랫줄에 걸린
옥양목 치마 펄럭거리네
2월의 바다도 출렁거리네

떠난 아버지
출렁거리고 있네 펄럭거리네
부재의 시간이 378일 되었네
물 위로 나비가 되어 날아가시네
노란색과 파란색이 춤을 추고 있어

내리막 저만치 가고 없는 아버지
해진 바랑에는 팔공산 절 냄새 스며있네
바랑지고 바다로 가시나
반월당 저만치 떠난 아버지
내리막을 데리고 내려가시네
떠난 아버지 수렁 속을 헤매시네

벽

설거지통에 그릇을 쏟아 부었다

그릇이 이가 나가 손가락을 다쳤다

어디가 아픈게지

도마 위 칼이 빤히 보고 있다

온종일 떠돌다 돌아온 바람이 창문을 흔들었다

안과 밖이 서로를 가둔다

벽은 견고하고

문을 열어야 문을 닫을 수 있다

이가 나간 그릇을 바람 속에 던져 버렸다

다친 손가락은 어디로 갔을까

아버지는 떠났는데 벽에 걸린

아버지의 사진이 벽을 만든다

아버진 현관문의 비밀 번호였다

아버지를 누르면 벽이 열릴까

갈대밭 철새

그녀의 뇌 속은 동굴이다
머리카락 끝엔 고드름처럼
그녀의 남편이 매달려 있다
바다가 사납게 울고 하늘에서 내린 빗물이
세상 모든 눈물보다 더 깊이 땅을 파고들 때
폐선을 타고 해운대 파도 속을 헤집었다

푸른 사과 한 조각을 입속으로 넣어 주는 딸을
남편이라 생각한다
어디 갔다 지금에야 왔어요?
금니가 형광등 불빛에 반짝이지만
그녀의 눈동자는 막이 내려진 무대조명 같다
당신 잘못 한 거 없어요, 울지 마요
별안간 파티마병원 503호
숲으로 변한다
그녀는 웃는 새
딸은 우는 새

병상엔 온갖 음으로 노래하는 새
둘이서 걷던 갈대밭에는 바람 소리만
그때 철새 한 마리
날아들어 산소호흡기 위에 앉는다
삐~~

그녀의 뇌 속 동굴이 환해진다
503호 숲 무대 저편이 되었건만
둘이서 걷던 갈대밭에 바람 소리만 들린다

아버지의 보청기

아버지, 보청기를 빼고 싶은지도 모른다
보청기를 빼고 나면
천 세대가 넘는 넓은 아파트가 다 조용한 줄 안다
다 조용해서 아랫집이 조용하고 윗집도
조용하고 복도가 적막하다
어쩔까 고장 난 자전거같이 귀가 어두워서
마누라의 그 잘난 배우 타령을 듣지 않아도 되고
옆에서 사료를 달라고 보채는 제제의 답답한
눈빛도 피할 수 있었다
휴식이 필요할 때는 듣지 못하는 딱 적당한 핑계
그래서 능청스레 티브이를 보고 있어도 된다
음식을 소리 나게 씹을 수 있다고
와인 잔에 럼주를 넘치도록 채워
막걸리처럼 벌컥 마셨다

건강한 삶을 위한 보청기
딸이 해준 보청기에

정오의 햇살이 부서지듯 아버지는
평화를 잃어버렸다
이제 온종일 귓속이 아프다
윗집 화장실에 물 내리는 소리
옆집 피아노 개인지도 교습으로 아이들의
복도를 오가며 왁자지껄 싸우는 소리
209호 할아버지가 젊은 시절 바람피웠다고
비로소 알게 된 할머니의 욕 하는 소리
208호 젊은 부부의 침대 삐걱거리는 소리
다 이해하고 참을 수 있지만
초저녁 잠자리에 들어서 막 깬 새벽 세시의
정적은 소리를 들어본 기억으로
고막을 터지게 했다는
더는 잠이 오지 않아 적막한 새벽에
아버지는 보청기를 귀에서 뺀다

아버지와 햄버거

이제 아버지 몫의 햄버거가 없다

책을 펼치자 햄버거 냄새가 난다
죽음 앞의 아버지
햄버거 한 조각 삼키지 못했다

책을 펼치자
양상추 양파 토마토 치즈
서늘한 줄거리가 맨손으로 뻗어 나온다
아버지의 책은 흔적 없는 백지여서
읽을수록 배가 고프다

햄버거 하나 사서
둥글게 누워 있는 아버지 보러 가야지
유월 죽은 꽃들이 살아나는 곳으로

중고서점

중고 서점에 갔어요
그곳은 지나간 시간이 돌아와 있었지요
빛바랜 책 속에서
눅눅한 시간의 딱정벌레가 기어 나왔어요
딱정벌레에 이끌려 그곳을 찾는지 모릅니다
인스턴트 음식으로는 허기를 채우지 못합니다
읽지도 않을 책을 삽니다 배가 고프기 때문이지요
침묵이 환하게 문을 여는 때도 있습니다

고양이의 우아함과 영묘함을 사랑한다던
나의 아버지
말을 하지 않기 때문에 더 사랑한다던
아버지의 말을 이제야 이해하게 됩니다
침묵을 좋아하던 아버지의 오래된 짐을 정리하다
서랍 속에 잠든 시간의 딱정벌레를 보았습니다
아버지의 냄새입니다

말을 하고 싶지 않은 날에는

중고서점을 찾아갑니다

인스턴트 식품으로는

허기를 채우지 못하기 때문입니다

아버지의 바다

아버진 어부였어요
그물을 던져놓고 기다리는 꿈을 낚는 어부였어요
아버지는 늘 시인이 되고 싶은 스물두 살 청년이었
지요
바람 없어 잔잔한 저녁에도
아버지의 새벽 바다에도
풍랑이 몰아쳤어요
금빛 고래가 뱃머리에
자주 출몰했기 때문이죠

아버지도 이젠 서서히
그물을 거둘 때가
되었다는 것을 알지요
잡고 싶은 고래를 놓치고 있어요
아버지의 눈도 침침해졌어요
파도치는 어머니의 잔소리도 잠들고
배도 이미 낡았으니
이젠 아버지의 그물도 거두어들일 때가 된 거죠

납작한 죽음

도로 위에 납작한 죽음 하나 있다
고라니 한 마리 납작하게 죽었다
납작해지다 납작해지다 납작해졌다

모든 죽음은 납작하다
숲은 낯설고 평온했다
발끝이 허공에 박힌다

코리안 드림이 납작하게 죽었다
빌딩숲을 오르내리다가 납작하게 죽었다
비닐하우스에서 납작하게 죽었다

버려진 납작한 죽음들이 발밑을 떠다닌다

창가에 앉아

한 남자의 밥으로 살던 여자 사락사락 죽어갔다

죽은 여자의 집에 한 여자가 세입자처럼 들어왔다
죽은 여자가 마시다 남겨둔 꽃무늬 잔 속의 커피
향기와 손때 묻은 장롱이 한 여자를 낯설어 한다
고양이 발톱같은 물음표가 목구멍까지 차올랐다

스스로 껍질이 된 여자의 붉은 생 꽃잎이 눈이
되어 내리는 창가에 앉아 죽은 여자를 생각한다 핸
드폰을 뒤적여 죽은 여자에게 전화를 한다 잊힌 그
녀처럼 그녀도 나를 잊었을까 한 남자의 밥으로 살
다가 사락사락 죽어 간 여자

달빛에 담아

가창 올레길 장민호의 연리지를 듣다 새 한 마리
죽어 있는 것 보네
아침 이슬이 채 마르지 않은 풀밭에 토해 놓은
널부러진 새, 생의 전부가 한 장 나뭇잎이네

"우리의 사랑 연리지 꼭 잡은 두 손은 놓치진 말아요
우리의 사랑 연리지"

나뭇잎 장례식을 치러 주었네 장민호가 연리지 진혼
곡을 불러주었네
들꽃과 노랑나비 두 마리 문상객이 전부여서 쓸쓸한
이별 달빛에 담았네

적멸 寂滅

하루살이가 노트 위를 긴다
기어봐야 몸의 치수만큼 거리겠지만
볼펜 움켜쥔 주먹으로 살짝 건드리기만 해도
수국화 암술 같은 다리 하나 문드러질 것 같다

별자리를 읽다 필사하고 있는 글자를
군무 하듯 밟고 다닌다
벽화의 '벽' 자 위로 나비의 '나' 자 위로
별자리의 '자리' 위로 소멸의 '소' 자 위로
하루살이 극성스럽게
내 몸의 치수 같은 시간을 뺏는다

'허' 자에 잠시 머무는 모습이
놈도 허~ 하고 싶은 가 보다
솜털보다 가벼운 다리
허들 레이스를 한다 싶더니 이제 우주의 '우' 자에
머문다 안드로메다로 날아가려나

읽기를 되게 만드는 받침
스르르 날아가 버린다

사라져 어둠에 묻혀 버린 하루살이
생명의 길이 한 번 재고 간 길이다
촌각은 한 달이고 일 년이겠다
전혀 허튼짓하지 않고 할 일 다 하고 가겠다는 것도
한번 호흡하는 순간과 인생의 간극 차이
하루를 사는 것과 백 년을 사는 것은 뭐가 다를까
하루살이 생각을 죄다 끌어 노트 위를 긴다

안부

어딘가에 있을 것 같다는 헛된 생각이 사문진 강까
지 흘러들어 백대의 피아노를 두드린다

풀벌레들이 제 몸을 두드리는 눅눅한 불빛 아래 그
의 헛된 뒷모습이 어른거린다

창가에 앉아 흐르는 강물에게 묻는다 헛된 바람이
백대의 피아노를 두드리는 먼 훗날의 안부를

스타벅스

스타벅스 창가에 앉아 티비를 본다
일관된 서사처럼 차들이 서 있다
엄앵란의 대문 밖에는 환한 별이 떠 있다
별빛이 눈부셔 안성기 눈앞은 캄캄하다
이장호의 머리 위에는 지지 않는 별빛으로
정진우가 너울너울 떠 간다

마지막 항해 장례식에는
그가 부르던 나 그대에게 모두 드리리
별을 따다가 그대에게 드리리
엄앵란 끝내 참지못하고 오열
전할 말이 없는 차들이 나란히 섰다
간결한 문장처럼 차들이 떠났다
신 성 일

| 제2부 |

절규

수술 잘 되었습니다 이제 잘 보일겁니다 의사는 붕
대를 천천히 풀며 말했다

선생님요 그런데 내 손이 와이리 쭈글한교 수술하기
전에 안그랬는데 그새 폭삭 늙었는가베

이제 잘 보이지? 손거울 속 뭉크가 물었다 소리없는
절규였다

낯익은 풍경

순이 할머니 어제 요양병원 들어갔어 몸을 쓰지 못하
니 어쩔 수 없지 뭐 분이 할머니 입술에 묻은 과자의
가루를 턴다 푸른색 환자복에 갇혀있는 엄마에게 거기
왜 누워있어요 묻는다 나 맹장 수술했잖아요 이 나이
까지도 할 것 다 하고 가네요 쑥스러운지 얼굴을 쓰다
듬는 엄마의 손등 정맥이 파랗다

분이 할머니 돌아갈 시간 되었다며 의자 위에 웅크려
있던 굽은 등을 곧추세운다 조금 더 있다 가세요 아니
가야 해 영감 기다려 할머니의 반듯한 가르마 위로 연
분홍 시절이 어른거렸다

채비하라며 오만원권 하나를 손에 쥐여주자 할머니 승
강기 쪽으로 갑자기 뛰어간다 문이 닫히고 길었던 하
루가 승강기 안쪽에 갇힌다 병실로 들어와 의자를 치
우는데 문이 빼꼼히 열리며 분이 할머니 거기 서 있다
순이 할머니 요양병원 들어갔어 몸을 쓰질 못하니 어
쩔 수 없지 뭐 다시 하루가 시작되고 있었다

오징어

제사에 쓰고 냉동실에 보관한 오징어를 꺼낸다 고
명을 올린 요리를 하면 오징어처럼 싱싱한 날이 있
었다

별사탕처럼 빛나던 모습은 어디가고 희끗한 머리
를 쓸어 올리는 손등에 마른 오징어 다리 같은 힘
줄이 드러났다

어부이던 아재의 시간은 오징어 다리처럼 말라 삐
뚤어진 세월이었다 시계태엽이 정지하듯 오징어
다리처럼 말라비틀어진 기억만 남은 시간

제사 끝내고 제사상에 둘러앉아 배타고 바다를 누
비던 젊은 날을 이야기 했지만 아재의 세월은 말
라비틀어진 오징어 기억이다 아재는 음복을 하고
청춘을 돌려다오 노래를 불렀지만 첫사랑같은 시
절은 오지 않겠지

아무리 애를 써도 우리 젊은 날은 냉장고 속의
오징어처럼 냉동시킬 수는 없다

길

대웅전 가는 길이었다 분홍꽃잎 날리는 창밖을 보며
남자는 콧노래를 흥얼거리고 여자는 손 거울을 꺼내보
다 세탁기에 두고 온 빨래를 걱정한다

노을이 산허리에 걸린 휴게소에 들렀다 여자가 아메
리카노를 마시는 동안 남자는 돌아 앉아 막걸리를 마
셨다 팔부능선 넘어서도 운문사 가는 길은 멀고 험난
했다

길은 길을 통해서만 길을 연다는데 언제쯤 운문사 대
웅전에 닿을 수 있을까

읍성엔 비가 내려서

구석구석 부지런히도 늙은 주름이
논두렁처럼 갈라져 쩍 쩍 소리를 낸다

고장난 티비와 아픈 관절과 함께
긴긴 밤을 지새는 엄마의 그림자는 무겁다

오늘은 읍성에 비가 내려서
만지면 과자처럼 부스러질 것 같은
우리 엄마 멋쩍은 듯 어깨를 풀썩인다

해가 저물고 날이 어두워도
카시오페이아는 카시오페이아

오늘은 읍성에 비가 내려서
새벽을 기다리는 유리창엔 그림자가 없다

약속을 이해한 사람같이
열여덟 살 소녀 같은 엄마는 백 살을 꿈꾸신다

똑딱 단추

장롱 구석에서 베이지 점퍼 하나를 꺼낸다
낡고 쭈글했다
3년 전 아버지를 떠나보낸 뒤로
얼굴에 검버섯이 지문처럼 번져있다
어머니에 대해 아는 게 없다
그녀를 그려보라 하면
헐렁한 옷을 걸치고 생의 알리바이를 만들어가는
걸을 때 연골이 닳아 부딪는 뼈의 소리와
늘 새치를 물들여 유난히 까만 머리밖에

가족사진의 얼룩을 눈으로 닦고 있었다
이게 나한테 크다 하시며
겨울 점퍼를 내 몸에 맞도록 똑딱단추를 달고 있
었다
여든 살 그녀의 무릎에 누워
야윈 허벅지 살을 어루만지며
새끼발가락이 똑딱거리는 흑백사진 저쪽 날들의 이

야기를 듣다

　깜박 잠이 든 내게 낡은 점퍼를 덮어주셨다

　어머니의 무릎에서 똑딱거리던 관절을 하나하나 짚
어본다

　마디마디에서 똑딱 소리가 들리는 것 같다

멀어진 봄날

나프탈렌 냄새가 밴
치마를 걸쳐 본다
호크가 닿을 듯 말듯 걸리지 않는다
은갈치 빛 햇살이 베란다에 내려앉는다
보랏빛 향기가 바람 따라 떠나간다

나의 옆구리는
오늘도 몸의 만월을 꿈꾼다
치마의 너비와 인체의 수치를 헤아리지 못한다
숨을 크게 들이마시며 치마의 너비를 늘리면
허리 끝에 매달린 호크는 또다시
내가 들이쉬는 숨이 되려 한다

거울 앞에서
홍조의 꽃잎이 멀미를 앓는다
잠자리 날개를 걸친다 해도
사월의 봄이 무거운 것은
만개한 꽃잎 때문이다

미도다방

수족관, 산소발생기에서 물방울이 튄다 수족관 앞 노인, 전병을 잘라 구피에게 던져주며 하품을 한다 세 마리 구피가 전병 먹는 모습을 보던 노인의 머리가 흔들린다

팔팔하던 구피 한마리가 비실거린다 요양원의 아내를 생각한다 앙상한 무릎 퀭한 눈
스푼으로 견과류를 덜어내듯 아내에 대한 기억을 덜어낸다 구피 물속으로 빨려들어간다

쌍화차가 나온다 향기가 오래 머물렀으면 했다 창으로 들어오는 햇살에 눈을 찌푸리던 노인은 오래된 뻐꾸기 시계를 올려다 본다 노인의 머리는 계속 흔들린다

노인은 다시 전병을 부수어 구피에게 던져준다 비실거리던 구피가 노인쪽으로 흔들린다

택배

엄마에게도 갈치가 생선이 아닐 때가 있었다

악사들이 나팔 불며 동네 어귀 들어서면

한걸음 뒤에

생선 장수 인동 댁이 어깨를 들먹거리며 왔다

엄마는 후박나무 잎사귀 같은 인동댁 소쿠리를 들여
다봤다
반 건조 갈치였다
반겨 소쿠리를 끌어 당겼다
문디, 갈치 사려고 붙잡겠나
친정 소식 들으려고 그러지
엄마는 먼지도 없는 마루를 훔치며 인동 댁을 앉
혔다
청솔가지 띄운 찬물 한잔을 챙기는 것도 잊지 않았다

인동 댁은 신문지에 갈치 두 마리 둘둘 말아

턱하니 마루에 얹어 놓았다

반야월 싸릿대 대문이 굵은 대나무로 바뀌었다는 둥

장마로 논에 물이 넘치면서 벼가 전부 다 누웠다는 둥

마을에 수문장 같은 이장 김억만 씨가 뇌졸중으로

쓰러졌다는 둥

첫사랑 남자에게 버림받고 금달래가 되어 떠돌아

다니던 순이가 어느 날 사라졌다는 둥

온갖 이야기를 전해주는 인동 댁은 어머니의 전령사

였다

상자를 연다

용수철처럼 튀어 오르는 풍경들

대나무 대문이 싸릿대 대문으로

벌덩 누웠던 벼들이 다시 꼿꼿이

똥오줌 받아내던 김억만 이장이 경운기에 시동을

걸고

떠났던 순이가 다시 아이를 안고 돌아오고
찬물 한 사발 들고 부리나케 따라가는 엄마
멀어져 가는 인동댁

24인치의 세상

방엔 달랑 침대 하나, 소형 냉장고 한 칸짜리 옷장, 옷장에 달린 거울, 그녀가 보고 있는 티브이는 24인치의 창밖 풍경들이다

창틀에 먼지가 가득 쌓여 있다 먼지가 흩어지면서 안개가 될 것 같다 그녀의 기억은 교실에서 아이들을 가르치던 젊은 날로 갔다가 비 오는 날 사라진 남편을 찾아 바닷가로 가기도 한다

구름이 늘어진 나무 아래로 젖은 바람이 그녀의 기억을 흩트려 놓고 간다
거울 속에 비친 늙고 창백한 여자에게 아주머니 누구세요 그녀는 저 거울 속 여자를 내보내라고 아이처럼 떼를 쓴다

그녀는 이십사 인치의 세상을 만나고 지운다

집의 방문을 연다 보료 안쪽까지 적신 김칫물, 농 뒤
로 휴지가 가득 쌓여있다 그녀는 목조계단을 삐걱대
며 올라간다 삐걱거리는 소리가 오래전 걸어두었던
가족사진의 테두리를 치고 있다 삭은 김치처럼 살다
멎은 그녀의 오후 6시 30분 24인치 세상에 흰 꽃으로
피어 있다

고래 사냥

마당 깊은 집 주인이 허름한 탁자를 권한다
칠이 벗겨진 의자가 삐걱 소리를 낸다
아내는 곰탕을 끓여 놓고 여행을 떠났다
술을 따르자
칠 벗겨진 의자가 삐걱소리를 낸다
터널을 빠져나오는 지루한 삶이었다
나뭇가지에 걸린 달이 일그러진다
기타를 치자
칠이 벗겨진 의자가 삐걱 소리를 낸다
"술 마시고 노래하고 춤을 춰 봐도
가슴에는 하나 가득 슬픔뿐이네
내 꿈 하나는 예쁜 고래 한 마리"
밤하늘 아득하게 헤엄쳐 간다
녹슨 수도꼭지 곁에서
칠이 벗겨진 의자가 삐걱 소리를 낸다

귀 얇은 목련 나무

귀 얇은 목련 나무가
밤새 얼어버렸네
살랑거리는 홍매화 바람 때문이었지
뜨거운 마음으로 언 몸을 녹여 보려 해도
홍매화 긴 그림자
발자국만 남기고 떠난 후라네

귀 얇은 목련나무가
밤새 얼어버렸지
들키지 말아야 할 사랑을
들켜버린 때문이겠지
홍매화 긴 그림자 뒤 따라가도
지나간 사랑은 돌아오지 않는다

서문시장 수제빗집

빗물 질펀한 시장을 가로질러 노점에 닿는다 양은 솥 가득 수제비가 순식간에 만들어진다

연신 코를 벌렁거리며 게딱지 손으로 쉼 없이 수제비를 뜯어내는 그녀의 저 재바른 손놀림, 겨울비 내렸고 생의 절반이 도망치듯 세상 밖으로 뚝 떨어져 나간 남편과 어린 자식 삼 남매와 빚덩이만 밀가루 반죽처럼 게딱지 손끝에 매달려 있다

팔자라 말하기엔 아직도 잘라버리지 못한 것들 손끝에서 댕강댕강 양은 솥 안으로 끊임없이 밀어 넣어야 살아가는 삶, 밀가루 반죽은 '뚝 뚝' 그녀를 잘라 먹는다 숨을 쉬는 동안 끝나지 않을 눈물을 밀랍 하는 일 찜통에 담아 두었던 밀가루 반죽 한 덩이를 들고서 밀려 나온 생의 한 가운데 모든 신경을 손끝에 모아 쪼가리 쪼가리 양은 솥 안으로 던져 넣는 수천 개의 게딱지

| 제3부 |

오래 버려둔 시간

개구리 살고 있네
도마뱀 살고 있네
주인을 기다리다 주인이 되었네
나뭇가지 사이로 소나기를 퍼붓네
도마뱀은 개구리를 쫓아다니고
잉태한 나무는 숲을 낳았네

풀이 자라 숲을 이루네
무심한 주인은 낫을 들고
무심한 주인의 기억을 자르네
집이 삐걱 소리를 내네
오래 버려둔 시간의 소리인가 봐
나비 한 마리 파들파들 날아가네

시애틀로 떠난 엄마

살구나무가 보인다
드문드문 열매가 매달려 있다
비행기가 날고 있다
시애틀 시애틀
입안에 침이 고인다
시애틀은 입덧
시애틀은 살구나무
시애틀은 잠 못 이루는 밤
살구나무 아래 막내딸이 서 있다
비행기는 어디쯤 날고 있을까

엄마는 일터에 가고 아이는 나비가 되어

감자를 자르다 손톱을 함께 잘랐다
피가 붉게 배여 나온다
붉은 치마 입은 아이가 꽃처럼 환하게
밴드를 가지고 온다
예쁘구나 나비 같네

감잣국을 들고 가는데
붉은 치마 입은 아이가 계단에서 울고 있다
엄마 보고 싶어요
엄마는 일터에 가고 나비 같은 아이는
어디로 갔을까
꽃과 나비 사이 바람 부는 쪽으로 간
아이의 그림자가 한뼘씩 자란다

애견백화점

비가 왔다 그를 만나러 간다
코를 밥통에 박고
흘금흘금 나를 쳐다본다
유리문 안과 밖
탈출하지 못한 그와 탈출한 나

비가 온다 궁금해진다
그를 찾아 간다
밥 그릇을 뒤집어 엉덩짝을 맞고 있다
내 몸 어디에 그가 살고 있나 보다
엉덩이가 아프다

비가 오고 바람이 분다
그가 나를 부르는 것 같아 그곳으로 갔다
바깥을 긁던 그가 사라지고 없다
텅 빈 케이지 안에 나를 앉혀 놓는다
그는 생명에서 상품으로 환원되었을까

장미와 생선가시

그는 그 여자에게 가고 싶을 때마다 장미를 샀다 장미
에서 생선 비린내가 났다 그녀는 생선 가시에 손을 찔
린다 킁킁거리며 먹다 남은 생선을 쓰레기통 속으로
처박아버린다

그녀는 첫 번째 사 온 장미를 설거지통에 패대기쳤다
그녀는 두 번째 장미 가시로 그의 빤질거리는 얼굴을
할퀴었다
이미 예고된 일이었다

그는 식빵에 계란 오이 치즈를 꽃처럼 넣어 우적우적
먹었다
가슴으로 돌멩이가 날아들었다 쾅! 하고 그녀의 안방
문이 닫혔다
유리잔에 길게 금이 갔다 세 번째 사 온 장미 비린내
때문이었다

서랍 속에 갇힌 시절

비틀어진 골목길, 배고픈 된장 냄새, 똬리 튼 고무줄,
풀지 못한 수수께끼, 콧물 닦은 휴짓조각, 포대기를 업
고 뛰어놀던 운동장, 길가에 서 있는 은행나무 잎의 숫
자를 세던 날의 갈증, 어린 왕자가 데려다준 사막여우,
하늘로 날아가던 단발머리 어린 날

햇볕이 들지 않아 서랍 속 아이는 언제나 열한 살
이다

L교수

잃어버린 새를 부르느라
겨드랑이는 아팠다
하얀 와이셔츠 깃은 형광등 불빛에 파리하다
검은 바지는 바람의 냄새로 얼룩이 지고
신발은 훈련 떠날 군인의 군화였다
입술은 나비가 되고
노란 얼굴은 메리골드 꽃이 된다
내겐 화분이 필요했다

화분 속이 질펀하게 젖어 들어간다
화분에 물을 줄 때는 천천히 질펀하게 라며
색색의 메리골드를 심어보는 동안
화분에 날아와
와이셔츠 깃처럼 꽂힌 하얀 목소리가 귀를 적신다
난 새장 속에 갇힌 새인지 모른다
질펀하게 젖어 들어가는 화분 속처럼
나의 마음이 젖어 들고 있다

거미에 대하여

밤늦도록 거미가 허공에 거미줄을 던져요
이 가지 끝에서 저 가지 끝까지
배고픈 거미의 안간힘이 왠지 쓸쓸해 보여요
허공은 먹이가 아니어서
허공을 향한 투망은 날이 밝도록 허망할 뿐이지요

지하철 1호선 타고 수영역에 내려요 2호선을 갈아타
고 신세계를 지나요 신세계를 지나서 벡스코에 내려요
출구는 안 보이고 입구는 환해요 욕망의 거미줄에 걸
린 명품가방은 눈이 부시게 반짝거려요 2호선 타고 신
세계에 내려요 허망한 게 세월이지요 눈 깜짝할 사이
신세계는 이미 저물었네요 명품은 허공의 먹이일 뿐이
어서 출구는 환하고 입구는 안보여요 당신의 굽은 등
이 왠지 쓸쓸해 보여요

밍기뉴 나무

네발로 기는 일에 싫증이 난 것인지도 모른다 자꾸만
안아서 올려 달라 보챈다 두 발로 걸으면 하늘로 날아
오를 수 있다고 구름을 오려 신발을 만든다 자, 이제
너 혼자 날아 봐 삶을 두려워해서는 안 돼

벽에다 혼자서는 아무 것도 할 수 없는 너의 세계를 그
려 봐 하얀 백지는 일곱 번의 얼룩을 만들고 일곱 번의
얼룩은 너를 빛이 들지 않는 곳으로 데려다주겠지

컹컹 짖으며 눈을 맞추던 너의 순한 눈동자 속에 나를
가두어 놓고 오래 기억할 것이다 혀를 빼물며 꼬리를
흔들던 너와 이별의 간격을 줄이기 위해 선잠을 깬 것
같은 하루가 지나가면 거기 없는 너를 먼 데서 찾을 것
이다

네가 베어버린 라임 나무 그루터기에 밍기뉴 나무가
싹 틔우겠지

제제, 가족이 되다

오줌을 싼다
타일 여기저기
방울방울 떨어진다
온몸을 부르르 떤다
자궁을 들어내 버린 녀석의
젖들이 땡땡하게 말라간다
등 뼈가 둥그렇게 휘어진 곳에서
북소리가 들려온다
둥둥……
내리고 있던 꼬리를 직선으로 올린다

자궁이 사라져버린 몸에서도
북소리가 울린다
텅텅……
광활한 초원 같은 가슴으로 말이 전력질주 한다
느릿느릿 베란다로 나간다
녀석이 배를 깔고 옆에 눕는다

멀리 옥상 바람에 날고 있는 빨래를 본다
펄럭거리며 곡선을 만든다 빨래가 난다

우엉

머리가 땅으로 떨어질까 고개를 흔들어 올린다 할아버
지의 목을 들리는 소리를 낸다 시장 우측은 건어물 상
회 좌측은 떡집, 식육점 신발가게, 참기름 집, 건너 반
찬가게 그 끝 주택 골목 입구

후미진 곳에서 오늘도 난전을 벌리는 할아버지, 누런
스티로폼 박스 위 흙덩이가 매달린 우엉 몇 뿌리, 손자
녀석의 수학여행비 마련으로 몸통과 균형 잃은 목 줄
기는 끊임없이 우~엉 우~엉 얽힌 이야기를 아슬 아슬
들춰내고 있다

그날 아들 내외는 돌아오지 않았다 거리에는 붉은 꽃
잎이 날렸다 손자만 덩그라니 족쇄처럼 할아버지의 목
을 수직으로 채웠다 목에서 목으로 숨차게 쫓아가는
눅눅한 음색의 우~엉 우~엉 울고 있는 고개를 흔들어
올리는 할아버지 우~엉 머리

P에게로

자다깼다 그녀의 카톡을 놓쳐 버렸다 '불안의 서'
를 몇페이지 읽었고 레쓰비 하나를 꺼내 마셨다 곧
자정이다 이불을 둘둘 말아쥐고 '불안의 서'를 계
속 읽어야 할 지 그녀의 카톡이 마음에 걸린다

그 여름, 내 손에서 그녀의 하얀 꽃잎이 파르르 떨
고 있었다 얼마나 하얗게 피어나고 싶었을까 그녀
의 카톡속에선 수천마리의 나비가 날아오르고 있
었다

적당히 게을러져도 괜찮을 저녁노을에 기대어 서
있으면 이내 골목은 연해지고 교회의 종소리가 세
상의 풍문들을 잠재운다 밤사이 죽은 나무가 불안
의 서 쪽으로 가지를 뻗는다

술집에서

삼겹살 구우며 요양원의 어머니를 떠올린다
술잔 속에 어머니 얼굴이 어른거린다
살아지는 데로 살아지는 거란다
어머니 내 어깨를 다독거린다
그늘진 사연쯤이야 삼겹살 위에 뿌린 왕소금이지

마주 앉은 어머니께 술 한 잔 권한다
기억 속의 어머니 단숨에 술잔 비우신다
네 아버지 어떻게 되었니?
잠긴 눈꺼풀을 여닫으며
삼 년 전에 죽은 아버지를 찾으신다

삼겹살 구우며 요양원의 어머니를 떠올린다
죽은 새들이 모여 사는 숲 속으로
어머니 꽃가마 멀리 멀리 사라진다

| 제4부 |

미안합니다

햇살 손잡고 숲길로 들어서니
바람이 옷깃을 흔든다 젖은 몸이 무겁다
초록이 제 무릎에 앉으라 한다

초록은 긴 상처의 시간을 건너 온 사람의 눈빛
끝없이 진심의 손을 내밀었던
이제 그의 외로움을 알 것 같다

빼앗긴 햇빛과 잃어버린 바람에게
마음을 베인 황망한 그의 시간이 미안하다

꽃밭에서

정훈희가 노래해요 김태화도 노래해요 꽃밭에서 나비가 팔랑팔랑 날아다녀요 바다는 철썩거리고 후회 없이 꿈을 꾸자 정훈희의 입술에서 김태화의 입술로 팔랑팔랑 나비가 날아다녀요 햇살 좋은 카페에 앉아 한잔의 아메리카노를 마셔요

이렇게 좋은 날 그녀에게 다알리아 한 묶음을 안겨주었지요 다알리아 꽃말이 무언지 아니 누군가 물어요 당신의 사랑이 나를 행복하게 합니다 누군가 속삭여요 내 삶은 이제부터라고 누군가 꽃밭을 가꾸지요

나이가 든다는 것은 세상에서 밀려나는 것 다알리아를 심어야겠어요 고무신 위로 이슬이 눈물처럼 흘러넘치면 자박자박 그가 오겠죠 그와 난 딱 그 거리를 유지하죠 봄날 꿈 같은 시간이 떠나갔어요 동트기 전 어둠이 몰려왔어요 먼지 낀 날이 빼곡해요

바꾸고 싶은 것이 있으면 굽히거나 참으면 된다고 하지요 멀어진 기억 속을 걸어요 가로등에 그림자가 길게 누워있네요

K 화백의 자화상

예술은 꼭 아름다워야 합니까
봉숭아 꽃물을 지워버렸다

예술은 꼭 공감해야 합니까
커피잔속에 검은 붓을 담갔다

k화백 머리는 빗자루 두 팔은 주걱

예술은 메시지가 있어야 합니까
흰 담벼락의 이름을 지워 버렸다

속눈썹을 줍다

똑똑 다섯 평짜리 작은 집에 사는 여자는 누구세요 대답할 필요가 없는 그녀의 방에서 오 년째 속눈썹을 붙이고 있다 소꿉놀이하듯 온 방 안에 영양크림 볼터치 솔 브래지어가 흩어져 있다 여자가 속눈썹을 붙이는데 엄마의 잔소리가 달라붙는다
시집은 언제 가 순간 손이 삐끗해지며 속눈썹이 떨어졌다 떨어진 속눈썹이 거울속으로 들어간다

장민호의 내 이름 아시나요를 열창하던 엄마가 전화를 받더니 발칵 문을 연다
지연이가 아기를 낳았는데 3.5킬로그램이래 너는 언제 가서 그런 아이를 낳니 생기지 않은 아이가 아장아장 거울 속을 걸어 나온다

아이스 아메리카노를 마시다 쏟았다 온몸이 뜨겁게 젖는다 엄마의 잔소리가 난폭하게 쏟아졌다 떨어진 속눈썹을 주우러 거울 속으로 들어갔다 갑자기 거울이 부풀더니 와장창 깨진다

빨간 사서함

햇살 내려앉은 베란다 끝에 앉아 붉은 고추를 다듬는
다 하얀 행주가 붉은 물이 들 때까지 꼭지를 자르고 구
석구석 닦았다 손끝에 매운맛이 아릿하게 전해져 온다
매운 맛은 이제 곧 여기저기 삶의 양념으로 스며들 것
이다

붉은 고추는 긴 여름 폭염이 스며든 빛깔이어서 서늘
한 가을바람 속에서도 뜨겁다 뜨거운 고추는 토마토가
될 수 없어 나는 당신에게 사랑의 편지를 부치지 못한
다 부치지 못한 편지들을 기다리는 빨간 사서함 속으
로 한 사내가 자전거를 타고 달려간다 양념 냄새를 풍
기며

오월의 담장

장미가 오월의 담장을 꽃 피울 때 난 스무 세 살이었다
모자를 눌러 쓴 사내가 골목길을 꺾어온다 가쁜 숨소
리를 피해 총총총 골목길을 내달린다 힐끗 뒤돌아보니
그 남자 골목 끝집 초인종을 누르고 있다 스무 세 살이
꿈처럼 떠나갔지만 장미가 오월의 담장을 꽃 피울 때
난 다시 스무 세 살이었다 내 마음이 숨어 든 골목 끝
집 앞을 지나노라면 그 사내 아직도 장미 담장 초인종
을 누르고 있으니

414번 버스 풍경

아저씨 하나 굴광성 식물 같다 덜 깬 술에 몸을 맡기고
꾸벅꾸벅 졸다가 버스가 정차하는 바람에 소스라치며
세모꼴 눈을 올려 중얼중얼 더러운 세상 힘든 세상을
잘근잘근 씹는다

입안에 침을 가득 모아 어디로 뱉을까 고민하는 고등
학생 수능시험을 망쳐버렸는지 잔뜩 구긴 이마가 면도
날처럼 도발적이다

여대생 좌회전하는 버스 따라 의심 없이 함께 돈다 의
심 없이 해부학책을 한쪽 팔에 끼고 중병걸린 사람처
럼 영어 단어를 외우고 있다

할아버지의 백구두 햇빛에 반짝반짝 머리끝에서 발끝
까지 기름이 자르르 오늘은 콜라텍 누구와 손을 잡을
까 듬성듬성한 머리숱을 쓸어 올린다

백지영의 총 맞은 것처럼
총 맞은 세상이 좁은 버스 안을 붕붕 떠다닌다
까딱까딱 다리를 까딱거리기도 하면서

늦지 않게 너에게 닿기를

비 오는 오후였다 중년 부인이 초인종을 눌렀다 붉은
장미 꽃다발을 맡아달라는 것이었다 느닷없는 일이였
다 누군가 등 뒤에서 건망증 부인이라 중얼거렸다 장
미가 시들도록 건망증 부인은 찾아오지 않았다

비 오는 오후였다 빨간 우체통이 건망증 부인처럼 비
를 맞고 서 있었다 고양이가 돌아오는 저녁까지 건망
증 부인은 찾아오지 않았다 까치발을 세웠지만 아무도
늦지 않게 초인종을 누르지 않았다

어디로 갔을까

비 오는 오후였다 초인종을 누르지 않았는데 문이 열
렸다 느닷없는 일이였다 장미 꽃다발을 안은 내가 대
문 밖에서 비를 맞고 서 있었다 왜 왔느냐 물었더니 맡
겨놓은 꽃다발을 달라고 했다

다림질

봄은 언제쯤 올까

주름진 저고리를 다린다
초록 풀밭 소매 끝에 들꽃이 피어난다
푸 푸 입김 뿜으며
다리미가 지나가는 숲길에 안개가 피어나고
머나먼 고향 집 자작나무숲이 어른거린다

눈바람 그치면 봄이 오겠지

구겨진 치마를 다린다
샛노란 유채밭에 벌 나비 날아든다
푸 푸 기적을 울리며
완행열차 지나가는 간이역에 그리움이 피어나고
허리 굽은 어머니 사립문 밖에서 손을 흔든다

서울역에서

홍시 같은 달이 떴어요 차가운 달빛이 홍시를 비추고
있어요 까마귀가 한철 울고 초록이 빨강으로 바뀌었
어요

달빛이 감나무 사이로 쏟아져 내려요 나무에 매달려
대롱거리더니 홍시가 툭 떨어져 버렸어요

나는 양재역에서 3호선을 타고 충무로에 가지요 4호선
을 타고 서울역에 내려요 서울역 좌판대 위에서 홍시
가 나를 보고 웃어요 서울역에서 전철을 내린 나는 홍
시가 대롱거리는 달빛 속으로 가요

매미가 운다

아침부터 밤까지 매미가 운다 파가니니의 바이올린
소리 싱그럽다 복도가 아이의 울음소리로 들썩거린다

엄마가 등의 아이를 토닥거린다 매미의 울음이 뒤덮듯
아이의 울음이 세상을 덮을 수 있기를 매미의 귀를 시
끄럽게 하는 울음이 노랫소리처럼 귀를 자극하자 베란
다의 난초가 꽃대를 밀어 올린다

가을 가고 맴맴 겨울 온다 무성했던 녹음이 지고 매미
울음소리 사라지고 아이의 울음소리도 사라지겠지

십 센티 두께의 세상

뜨거운 햇살, 샌드위치 판넬을 녹인다
그의 얼굴이 갱년기 여자처럼 붉다
쥐가 십 센티 샌드위치 판넬을 갉아먹는 소리도 못
듣는다
다리를 절뚝거리는 갈색 줄무늬의 고양이 왜 그를
살필까
고양이 쥐에게 다가갈 양이면 빗자루를 흔들어 댄다
그 빗자루질, 그의 벗에게 해줄 수 있는 유일한 해량
이다

'드르륵드르륵' 지금 보험회사 영업사원인 순도 씨의
십육 년 된 프라이드 자동차 열쇠를 복제한다
빗자루 질에 쫓겨 가던 고양이 세모꼴 눈을 하고 노
려본다
판넬 함석이 떨어져 나가고 스티로폼이 보이고
알갱이들이 눈처럼 날려 새앙쥐, 그 알갱이를 주워
먹는다

목이 꺾인 선풍기 '갤갤' 거리고
열쇠 하나 오천 원, 국밥 한 그릇 값
장님 쥐는 다리를 절뚝이는 불구 고양이의 먹이요
샌드위치 속 스티로폼은 쥐의 먹이요
순도 씨의 프라이드 자동차 열쇠는 두수 씨의 먹이다

그래 한 평 반에도 동서남북은 있다
오늘도 해는 샌드위치 상단부 서쪽 끝자락에서 고요
히 졌다

一 子 영토

육교 계단 틈 사이 민들레
운동화
등산화
구두
슬리퍼
발바닥 흙을 털고
그 흙 그 틈을 메워
땅이 되고 그 땅위에 솟다
오늘 군화마저도
명동으로 가는데
명동엔 뭐 있을까

명동엔 흙만이 없다

삽화처럼

트레비 분수 부챗살로 물을 뿜는다
이층 카페베네는 비어 있고
가난한 난전을 펼친 할머니 머리는
솜사탕을 뭉쳐 놓은 듯하다

반백의 로맨스그레이 손가락을 잡고 지나가다
반쪽짜리 돼지 저금통에다 동전을 던져준다
삽화처럼 끼어 있는 할머니
사랑을 베풉시다 베풉시다 자선냄비 울린다

두 개의 그림자 너머 두 평 넘는 무대엔 눈이 내린다
수초 흔들리고 송사리 꼬리를 치고 살얼음이 끼고
할머니의 평생을 담은 반쪽짜리 저금통
세상에서 가장 추운 사람 엉덩이를 닮았다

캐슬 고양이

본 적 있나요
풀 먹는 고양이
황금색 고양이가
바람이 권하는 풀을 먹는다
고양이에게 먹을 것 주지 말아요
벽보가 고양이에게 풀을 먹인다

본 적 있나요
풀 먹는 고양이
황금색 고양이 발을 빨고 있다
앙상한 발가락들
고양이 새끼는
야옹하고 울까요 음매하고 울까요

여고시절

아스팔트 위로 하얗게 비가 내린다
한 손엔 토트백
또 한 손엔 찬거리가 든
검은 비닐 팩을 들고
비 내리는 거리를 바라본다
자동차들이 빗물을 차고
떠나가고 돌아오는 광경이
물수제비뜨듯 회돌아 미끄러져
건너가고 건너오는 것 같다

이제 추억이 돼버린 소녀 시절
발레리나의 꿈이 흘러내린다

다시 그때로 돌아갈 수 있다면
난 발레리나가 되었을까
아직도 내 꿈은 플리에 자세로 서있다

세월은 흐른 후에야
흘러갔음을 안다

기억의 두 가지 방식

신상조(문학평론가)

1.

시는 왜소한 인간의 내면에 그려진 세계의 흔들림, 그 흔들림의 언어적 표현이다. 때문에 한 사람의 내면을 통과해 나온 언어란 부득이하게 자기 의식적이다. 무엇보다 시는 삶의 섬유질 사이사이를 통과해 나온 언어답게 쓴 사람의 내밀한 기억을 결로써 간직한다. 베르그송에 의하면 물질과 달리 인격적 존재는 과거 — 현재— 미래를 잇는 기억의 순수 지속으로 말미암아 자기 동일성이 가능해진다고 한다. 그렇더라도 인간의 기억은 체계적이고 연속적이기보다는 불연속적이고 파편적이다. 기억은 주체의 내면에 "조각처럼 부서지며 스쳐가"지만, 반대로 끝끝내 망각을 거부하며 집요하도록 반복적으로 재생되는 기억도 있다. 레코드판 위에 놓인 바늘이 한 곡만을 무한 재생하는 고장 난

턴테이블처럼, 어떤 기억, 혹은 어떤 특정한 대상에 대한 기억은 쉽사리 사라지지 않는다. 일차적으로 이 글의 목적은 '아버지'를 중심으로 펼쳐지는 백지은 시의 '기억'을 해석하는 데 있다.

   백지은의 시에는 화자와 직접 관련된 인물들— 아버지, 어머니, 요양병원의 노인들 등— 이 비교적 사실성을 띠고 있으나, 그 사실성은 생생한 현실적 재현에 의해 정립되는 사실성이 아니라 시인 내면과의 관계 속에서 정립되는 사실성이다. 가령 부재의 시간이 "378일"째인 "아버지의 사진"은 벽이 되어 화자를 가두지만, 한편으로 아버지는 "누르면" 현관문이 열리는 "비밀 번호" 같은 존재이기도 하다.

     설거지통에 그릇을 쏟아 부었다

     그릇이 이가 나가 손가락을 다쳤다

     어디가 아픈게지

     도마 위 칼이 빤히 보고 있다

     온종일 떠돌다 돌아온 바람이 창문을 흔들었다

     안과 밖이 서로를 가둔다

     벽은 견고하고

     문을 열어야 문을 닫을 수 있다

이가 나간 그릇을 바람 속에 던져 버렸다
다친 손가락은 어디로 갔을까
아버지는 떠났는데 벽에 걸린
아버지의 사진이 벽을 만든다
아버진 현관문의 비밀 번호였다
아버지를 누르면 벽이 열릴까
　　　　　　　—「벽」전문

　위의 시에서 가시적인 것은 깨진 그릇과 다친 손가락과 벽에 걸린 아버지의 사진이다. 이 모든 가시적인 것들의 진실한 표정은, 그러나 비가시적인 화자의 침묵에 깃들어 있다. 다친 손가락에 대응하는 다친 마음처럼, 가시적인 아버지의 사진은 보이지 않는 화자의 기억에 대응한다. 인과 관계로 따지자면 "그릇에 이가 나가 손가락을 다"치듯, 그릇이 은유하는 화자의 일상은 애초부터 깨져 있었다. 부재하는 아버지에 대한 기억이 사방에 벽을 두르고 삶에 균열을 가하기 때문이다. "온종일 떠돌다 돌아온 바람이 창문을 흔들" 만큼 얼마나 높고 "견고"한 기억인가. 그리고 얼마나 자주, 쉽게 열리는 문을 가진 기억이란 벽인가. 떠난 아버지에 대한 화자의 기억은 아버지의 사진을 매개로 다시 작동한다. 아버지는 벽이자 비밀번호인 것이다. 다음의 시는 화자의 일상 곳곳에 살아 숨 쉬는 기억 속 '아버지'를 진솔하게 보여준다.

이제 아버지 몫의 햄버거가 없다

책을 펼치자 햄버거 냄새가 난다
죽음 앞의 아버지
햄버거 한 조각 삼키지 못했다

책을 펼치자
양상추 양파 토마토 치즈
서늘한 줄거리가 맨손으로 뻗어 나온다
아버지의 책은 흔적 없는 백지여서
읽을수록 배가 고프다

햄버거 하나 사서
둥글게 누워 있는 아버지 보러 가야지
유월 죽은 꽃들이 살아나는 곳으로
　　　　　　　　─「아버지와 햄버거」 전문

"책을 펼치자"라는 말은 햄버거와 관련한 아버지 생각이 불현듯 화자에게 떠올랐음을 의미한다. 죽음을

앞둔 아버지가 "햄버거 한 조각 삼키지 못했"던 기억
은 아프고, 모든 존재를 무無로 돌리는 죽음으로 말미
암아 삶은 무상하게 느껴진다. 병상에서의 고통을 뒤
로 한 채 이제 화자의 아버지는 무덤 속에 "둥글게 누
워 있"을 따름이다. 해서 화자는 "아버지의 책은 흔적
없는 백지여서/ 읽을수록 배가 고프다"라는 고백을 하
기에 이른다. 이는 아버지의 죽음에서 비롯된, 화자를
아프게 만드는 실존적이고 현실적인 삶의 무상감을 드
러내는 표현이다.

그러나 다시 "유월"이 오면 작년에 "죽은"(것처럼
보였던) 꽃들이 올해도 어김없이 싱싱하게 피어난다.
인간사의 유한성에 우주의 무한성이 겹쳐지면서 흘러
가는 것, 그것이 세월이고 보편적 생임을 우리는 모르
지 않는다. 만남과 죽음과 이별 속에서도 조금씩 슬픔
의 물기를 걷어내고 생존을 이어가는 우리의 삶은 또
다른 우리의 실존이고 현실이다. 문제는 기억이라는
것 앞에서 주체는 수동적일 수밖에 없다는 사실이다.
행복한 기억만을 가지고 그것만을 떠올리며 살아간다
면 좋겠지만 현실은 정반대다. 그런 면에서 기억은 강
제적이고 억압적이다. 행복한 기억과 달리 아픈 기억
은 그 자체로 우리를 고통의 순간으로 데리고 간다. 다
음 시에서 화자는 아버지에 대한 비교적 애상적인 기

억과 마주한다. "빨랫줄에 걸린/ 옥양목 치마 펄럭거리"는 일상 속 풍경이 화자로 하여금 아버지를 표상하는 몇몇 이미지를 떠올리게 만들고, 시는 그 기억을 원동력 삼아 이루어진 것 같다. 일상을 배경으로 아버지를 표상하는 이미지가 전경화 되는 다음의 시를 살펴보자.

빨랫줄에 걸린
옥양목 치마 펄럭거리네
2월의 바다도 출렁거리네

떠난 아버지
출렁거리고 있네 펄럭거리네
부재의 시간이 378일 되었네
물 위로 나비가 되어 날아가시네
노란색과 파란색이 춤을 추고 있어

내리막 저만치 가고 없는 아버지
해진 바랑에는 팔공산 절 냄새 스며있네
바랑지고 바다로 가시나
반월당 저만치 떠난 아버지
내리막을 데리고 내려가시네

떠난 아버지 수렁 속을 헤매시네
　　　　—「라홀라」전문

　시의 제목인 '라홀라'는 '장애' 혹은 '굴레'라는 뜻
을 가진 산스크리트어이자 출가 전의 붓다와 그의 아
내 야소다라 사이에서 태어난 아들의 이름이기도 하
다. 붓다가 자신을 묶고 있는 인연이 하나 더 생겼다며
"라홀라"하고 깊이 탄식했다는 일화에서 이 말의 의미
는 시작하고, 그 아들이 훗날 밀행 제일의 석가모니 제
자가 된다는 이야기로 '라홀라'의 의미는 완성된다.
이러한 제목의 배경과 더불어, "내리막 저만치 가고 없
는 아버지/ 해진 바랑에는 팔공산 절 냄새 스며있네"라
는 대목에서 생전의 '아버지'가 일상 속 수행을 계속
해 온 신실한 불자였음을 짐작하기란 어렵지 않다.
　그런데 "내리막을 데리고 내려가시"는 아버지, "수
렁 속을 헤매시"는 아버지라는 진술은 그 자체로 화자
가 기억하는 아버지의 형상이 슬프고 아련함을 보여준
다. "빨랫줄에 걸린/ 옥양목 치마"라든가 "반월당" 등,
아버지를 떠올리게 만드는 동적이거나 평범한 일상은
어둡고 하강적인 이미지로 현저하게 전이된다. 삶의
구체적 세목에 환상과도 같은 침잠의 형상을 결속하면
서 백지은의 시는 아버지에 대한 기억을 기록해 나간

다. "새벽 세 시"의 적막함이 고막을 터지도록 만들어서 "보청기를 귀에서 뺀" 아버지(「아버지의 보청기」), 고양이와 고양이의 그 고요한 침묵을 좋아하던 아버지(「중고서점」), "늘 시인이 되고 싶은 스물두 살 청년"으로만 기억되는 아버지(「아버지의 바다」)는 화자에게 유산처럼 남겨진 아버지에 대한 기억들이다. 아버지를 애틋하게 추억하고, 슬프고 아련한 그 기억들을 시로 쓰는 행위는 죽은 자를 보내기 위한 산 자의 애도 행위일 터이다.

중고 서점에 갔어요
그곳은 지나간 시간이 돌아와 있었지요
빛바랜 책속에서
눅눅한 시간의 딱정벌레가 기어 나왔어요
딱정벌레에 이끌려 그곳을 찾는지 모릅니다
인스턴트 음식으로는 허기를 채우지 못합니다
읽지도 않을 책을 삽니다 배가 고프기 때문이지요
침묵이 환하게 문을 여는 때도 있습니다

고양이의 우아함과 영묘함을 사랑한다던
나의 아버지
말을 하지 않기 때문에 더 사랑한다던

아버지의 말을 이제야 이해하게 됩니다
침묵을 좋아하던 아버지의 오래된 짐을 정리하다
서랍 속에 잠든 시간의 딱정벌레를 보았습니다
아버지의 냄새입니다

말을 하고 싶지 않은 날에는
중고서점을 찾아갑니다
인스턴트 식품으로는
허기를 채우지 못하기 때문입니다
　　　　　　　　　　　—「중고서점」 전문

　프로이트의 논문 「애도와 우울」(1915년)은 죽음으로
인해 사랑하는 대상을 상실한 이들의 반응을 정상과
병리 현상, 이 두 가지로 구분한다. 애도와 멜랑콜리로
도 불리는 이 반응은, 처음에는 상실의 상처 안에 머물
면서 사랑의 리비도를 다른 대상으로 이동시키기를 둘
다 거부한다. 그러나 정상적 반응에 해당하는 애도는
차츰 상처를 인정하고 품으면서 자기 보존의 메커니즘
을 따라 사랑의 리비도를 또 다른 사랑의 객체로 이동
시킨다. 물론 애도는 상실한 대상으로부터 자신을 떼
어내는 고통스러운 작업이다. 그렇다 해도 애도는 대
상 상실이 자아 상실로 전환되고, 자아와 사랑하는 사

람 사이의 갈등이 자아의 비판적 활동과 동일시에 의해 변형된 자아 사이의 분열로 바뀌는 우울과 증상을 달리 한다. 우울이 상처받은 자신에 대한 집착이자 자신에게 상처를 준 죽은 이에 대한 분노라면, 애도는 대상을 상실한 데서 오는 감정을 처리하는 건강한 과정이자 방식이다.

　이러한 면에서 「중고서점」은 전형적인 애도의 과정을 보여준다. 아버지와 함께 했던 "지나간 시간"을 찾아 헤매는 화자의 행동은 사랑하는 대상을 현실에서 잃었다는 것에 대한 지극히 평범한 반응이다. 아버지에 대한 한없는 추억과 그리움 끝에 마침내 화자는 "침묵을 좋아하던" 아버지를 공감하기에 이른다. 이는 상실의 물기를 넘어선, 그윽하고 담담한 추억의 공간에서 이뤄내는 부재하는 대상과의 성숙한 교감이다. 이렇듯 백지은의 시에서 대상을 상실한 무상함은 무턱대고 과장되거나 슬픔에 맹목적으로 헌신하지 않는다. 사랑하는 대상을 잃은 상실의 슬픔은 보편적 인간사를 성찰하는 과정을 통해 적절히 발효되고 승화된다. 요약하자면 백지은 시집의 한 축은 대상을 상실한 슬픔으로, 다른 한 축은 노인요양병원의 할머니들에 대한 지극한 연민과 그들에 대한 위무로 형상화되어 있다.

2.

죽음이 해결할 수 없는 삶의 비밀이자 아픔이라면,
죽음과 가까운 일상 또한 해결할 수 없는 아픔을 간직
한 과정이다. 백지은의 시는 "터널을 빠져나오는 지루
한 삶이었다"(「고래 사냥」)라고 고백하거나, "별사탕
처럼 빛나던 모습은 어디가고 희끗한 머리를 쓸어 올
리는 손등에 마른 오징어 다리 같은 힘줄이 드러나는"
(「오징어」) 노년의 삶과 그들의 '기억'을 연민하고 위무
함으로써 죽음의 허망함을 넘어서고자 한다. 그런 맥
락에서 노인요양병원은 한쪽에는 죽음이, 한쪽에는 삶
이 놓여 있는 경계와도 같은 공간이다.

순이 할머니 어제 요양병원 들어갔어 몸을 쓰지 못하
니 어쩔 수 없지 뭐 분이 할머니 입술에 묻은 과자의
가루를 턴다 푸른색 환자복에 갇혀있는 엄마에게 거기
왜 누워있어요 묻는다 나 맹장 수술했잖아요 이 나이
까지도 할 것 다 하고 가네요 쑥스러운지 얼굴을 쓰다
듬는 엄마의 손등 정맥이 파랗다

분이 할머니 돌아갈 시간 되었다며 의자 위에 웅크려
있던 굽은 등을 곧추세운다 조금 더 있다 가세요 아니
가야 해 영감 기다려 할머니의 반듯한 가르마 위로 연

분홍 시절이 어른거렸다

채비하라며 오만원권 하나를 손에 쥐어주자 할머니 승
강기 쪽으로 갑자기 뛰어간다 문이 닫히고 길었던 하
루가 승강기 안쪽에 갇힌다 병실로 들어와 의자를 치
우는데 문이 빼꼼히 열리며 분이 할머니 거기 서 있다
순이 할머니 요양병원 들어갔어 몸을 쓰질 못하니 어
쩔 수 없지 뭐 다시 하루가 시작되고 있었다
　　　　　　　　　　　　　　　—「낯익은 풍경」 전문

　노인요양병원을 배경으로 한 이 시에는 세 명의 인
물이 등장한다. 분이 할머니와, 화자인 '나', 그리고
화자의 어머니로 여겨지는 인물이 있다. 정황상 분이
할머니는 맹장수술로 입원한 화자의 엄마를 병문안 온
처지다. 분이 할머니는 "순이 할머니"가 요양병원에
들어갔다는 소식을 전한 후 "영감"이 기다린다며 일어
선다. 그런데 '나'의 배웅을 받고 승강기 쪽으로 뛰어
간 분이 할머니가 다시 돌아와 1연과 동일하게 순이 할
머니의 소식을 똑같이 전하는 3연에 가서야 독자들은
그녀가 치매에 걸려 있음을 눈치 챈다.
　내용과 형식 면에서 수미상관인 이 시는, "몸을 쓰질
못하니 어쩔 수 없지 뭐"의 저 '어쩔 수 없지 뭐'가 "어

쩔 수 없지 뭐 다시 하루가 시작되고 있었다"라고 중의
적으로 읽히는 데서 시적 의미가 발생한다. 그것은 삶
이 진행되는 동안에 이 지상에서 맞닥뜨려야만 하는
쇠락과 소멸의 징조들을 긍정할 수밖에 없다는 담백한
전언으로 읽혀져서이다. 삶을 산다는 건 해가 지는 서
쪽을 향해 꾸준히 발걸음을 옮긴다는 말이고, 이 절망
감과 막막함을 견뎌내게 하는 힘은 화자가 분이 할머
니의 치매를 모른 척하며 "채비하라며 오만원권 하나
를 손에 쥐어주"는 연민의 힘에서 오는지도 모른다. 모
든 게 다 괜찮아질 거라며 건성 등을 두드리는 위로가
아니라, 서로의 막막함과 절망감에 기대는 진중한 위
로. 이는 존재에 대한 존중과 연민에 깊이 뿌리 내린
다. 마찬가지로 치매 노인의 이야기를 다루고 있는 다
음 작품을 읽어 보자.

방엔 달랑 침대 하나, 소형 냉장고 한 칸짜리 옷장, 옷
장에 달린 거울, 그녀가 보고 있는 티브이는 24인치의
창밖 풍경들이다

창틀에 먼지가 가득 쌓여 있다 먼지가 흩어지면서 안
개가 될 것 같다 그녀의 기억은 교실에서 아이들을 가
르치던 젊은 날로 갔다가 비 오는 날 사라진 남편을 찾

아 바닷가로 가기도 한다

구름이 늘어진 나무 아래로 젖은 바람이 그녀의 기억
을 흩트려 놓고 간다
거울 속에 비친 늙고 창백한 여자에게 아주머니 누구
세요 그녀는 저 거울 속 여자를 내보내라고 아이처럼
떼를 쓴다

그녀는 이십사 인치의 세상을 만나고 지운다

집의 방문을 연다 보료 안쪽까지 적신 김칫물, 농 뒤
로 휴지가 가득 쌓여있다 그녀는 목조계단을 삐걱대
며 올라간다 삐걱거리는 소리가 오래전 걸어두었던
가족사진의 테두리를 치고 있다 삭은 김치처럼 살다
멎은 그녀의 오후 6시 30분 24인치 세상에 흰 꽃으로
피어 있다
　　　　　　　　　—「24인치의 세상」 전문

　위의 시에서 작품 밖 화자는 치매 노인이 거주하는
방안의 풍경을 묘사한 후 젊은 시절로 퇴행해 간 노인
의 의식에 초점을 맞춘다. 이어지는 "삭은 김치처럼 살
다 멎은 그녀의 오후"라는 묘사는 화자가 덧붙이는 노

인에 대한 생각이다. 화자의 설명을 따라가노라면 노인이 종일 들여다보는 '24인치 화면 속'은 어느덧 그녀가 거주하는 좁고 누추한 방으로 바뀌고, 우리는 텔레비전의 영상을 시청하듯 어떤 노인을 불가피하게 가둔 공간과 그 속에서의 하루, 노년의 삶을 잔인하게 망가뜨린 치매라는 병증을 확인한다. "보료 안쪽까지 적신 김칫물, 농 뒤로 휴지가 가득 쌓여있"는 모습에서 노인의 심각한 병증을 엿보기란 어렵지 않다. 화자에 의하면 노인은 한때 "교실에서 아이들을 가르치던" 선생님이었다. 실제로는 자신인 "거울 속에 비친 늙고 창백한 여자에게 아주머니 누구세요"라고 질문하는 치매 노인과, 비 오는 날의 바닷가에서 남편을 찾아 나섰던 젊고 건강한 여선생님 사이의 거리는 캄캄하도록 아득하다. 그리고 그 캄캄한 거리를 만드는 시간은 '무심'하기에 지극히 힘이 세다.

> 개구리 살고 있네
> 도마뱀 살고 있네
> 주인을 기다리다 주인이 되었네
> 나뭇가지 사이로 소나기를 퍼붓네
> 도마뱀은 개구리를 쫓아다니고
> 잉태한 나무는 숲을 낳았네

풀이 자라 숲을 이루네

무심한 주인은 낫을 들고

무심한 주인의 기억을 자르네

집이 삐걱 소리를 내네

오래 버려둔 시간의 소리인가 봐

나비 한 마리 파들파들 날아가네

—「오래 버려둔 시간」 전문

　"낫을 든 주인"이 시간을 가리킨다면, "무심한 주인
의 기억"은 차츰 흐려지는 주체의 기억을 가리킨다. 개
구리와 도마뱀이 살고, 소나기가 퍼붓고 가는 황폐화
된 기억의 숲에서 파들파들 날아가는 나비 한 마리는
미처 지워지지 않은 과거의 흔적이다. 나비로 표상되
는 이 기억은 여리고 가벼워서 금방이라도 스러질 것
같다. 스쳐가는 머릿속의 장면 장면을 그대로 스케치
하여 내놓은 것 같은 다음의 시를 보자.

살구나무가 보인다

드문드문 열매가 매달려 있다

비행기가 날고 있다

시애틀 시애틀

입안에 침이 고인다

시애틀은 입덧
시애틀은 살구나무
시애틀은 잠 못 이루는 밤
살구나무 아래 막내딸이 서 있다
비행기는 어디쯤 날고 있을까

　　　　　—「시애틀로 떠난 엄마」

　역설적으로 여자가 이 세상에서 아름다운 때는 입덧
으로 몹시 고통스러워하던 순간인지도 모른다. 살구를
먹고 낳은 막내딸을 실은 비행기는 지금 시애틀로 날
아가고 있을 텐데, 까마득한 과거를 떠올리며 노모는
그날의 살구나무 아래를 서성인다. 그런데 왜 시인은
제목에서 시애틀로 떠난 건 막내딸이 아니라 엄마라고
한 걸까? 아마도 시인은 삶의 갈피마다 깃든 그립고 소
중한 기억들이, 무심한 시간에 슬그머니 자리를 비켜
주려 하는 서글픔과 혼란스러움을 형상화하려 한 모양
이다. 그럼에도 불구하고 파편적인 기억들이 서로 중
첩하고 어긋나는 속에서 유의미한 순간들로 조합된 생
의 아름다움이 선연히 드러난다.

　사랑하는 대상을 상실한 아픔과 청춘을 상실한 노년
의 절망이 이 시집의 얼개라면, 죽음의 경계로 이미 들
어선, 혹은 들어서고 있는 노년의 이야기는 대상 상실

의 아픔을 극복하는 방식인 '애도'와 의미를 공유함으로써 유비적 관계를 형성한다. 외롭고 절망적인 상황에서 주체들이 회상하는 과거는 상실한 세월에 대한 애도에 다름 아니기 때문이다. "아무리 애를 써도 우리 젊은 날은 오징어처럼 냉동시킬 수 없"다. 하지만 언젠가는 마른 "오징어 다리처럼 말라비틀어진 기억"(「오징어)만이 남는다고 해도 과거가 영영 사라지는 건 아니다. 기억이 우리를 서랍처럼 가두는가? 아니다. 기억은 절망적 삶이 자신의 삶과 은밀히 화해하는 공간이다. 우리 모두는 그러한 공간인 기억이라는 '서랍'을 가진 것이다.

비틀어진 골목길, 배고픈 된장 냄새, 파리 튼 고무줄, 풀지 못한 수수께끼, 콧물 닦은 휴짓조각, 포대기를 업고 뛰어놀던 운동장, 길가에 서 있는 은행나무 잎의 숫자를 세던 날의 갈증, 어린 왕자가 데려다준 사막여우, 하늘로 날아가던 단발머리 어린 날

햇볕이 들지 않아 서랍 속 아이는 언제나 열한 살이다
　　　　　　　　　　　　　　—「서랍 속에 갇힌 시절」 전문

"기억한다, 고로 나는 존재한다."라고 누군가는 말

한다. "햇빛이 들지 않"았다는 "서랍 속" 기억이 어둡기보다 끝내 빛날 수 있는 이유. 그것은 우리 모두가 무한한 시간 속을 살아가는 유한한 존재들이고, 반드시 노쇠해질 젊음들이며, "언제나 열한 살"(「서랍 속에 갇힌 시절」)로 살아갈 수 있는 '기억하는' 존재들이기 때문이다. 그런 의미에서 '기억'을 노래하는 백지은의 시는 아프고 기쁘고 누추한 우리의 생을 사라져가는 기억에 '몰입' 시키는, 가장 진솔하고도 감동적인 쓰기라 할 수 있겠다.

反詩시인선015
서랍 속에 갇힌 시절

2021년 12월 10일 초판 1쇄

지은이 | 백지은
펴낸이 | 강현국
펴낸곳 | 도서출판 시와반시

등록 | 2011년 10월 21일 (제25100-2011-000034호)
주소 | 대구광역시 수성구 지산로 14길 83, 101-2408
대표전화 | 053)654-0027
팩스 | 053)622-0377
E-mail | khguk92@hanmail.net

ISBN 978-89-8345-127-9 03800